물무늬도 단단하다

문학과 사람 기획시선 003

물무늬도 단단하다

문학과 사람 기획시선 003

초판 1쇄 발행 | 2019년 3월 30일

지 은 이 | 이승남
펴 낸 이 | 김광기
펴 낸 곳 | 문학과 사람
등록번호 | 제2016-9호
등록일자 | 2016년 7월 22일
주 소 | 경기도 시흥시 하상로 36 금호타운 301-203
서울시 마포구 성미산로 1길 30, 2층
전 화 | 031) 253-2575
전자우편 | poetbooks@naver.com
홈페이지 | http://cafe.daum.net/yadan21

ISBN 978-89-89265-92-4 03810

값 9,000원

* 이 도서의 국립중앙도서관 출판시도서목록(CIP)은 서지정보유통지원시스템 홈페이지(http://seoji.nl.go.kr)와 국가자료공동목록시스템(http://www.nl.go.kr/kolisnet)에서 이용하실 수 있습니다.(CIP제어번호: CIP2019010191)

* '문학과 사람'은 1998년 등록되어 출판 진행된 'AJ' 등과 연계됩니다.
* 이 시집은 교보문고와 연계하여 전자책으로도 출간됩니다.

* 본문에서 페이지가 바뀌며 연 구분 공간이 있을 때에는 〉 표기를 합니다.

물무늬도 단단하다

이승남 시집

■ 시인의 말

마음을 다 풀어 놓을수록

떨림이 크다는 걸,

삶의 공간을 더 넓힐수록

간절함은 더하다는 걸,

단단한 물무늬에서 학습한다.

오늘 두 손 모으는 마음,

오래오래

진정되지 않을 떨림이리라.

2019년 3월, 이승남

■ 차 례

1부

2부

3부

1부

세한도

저녁을 끌어 덮고 구릉은 일찍 잠자리에 들었다

느려서 돌아가기를 좋아하는 마을의 노송들이
제자리에 서서 어둠의 집으로 걸어 들어가고 있다

신작로를 따라 바늘귀에 분노를 꿰려는 바람,

어둠의 저편에서 달려오는 불빛 하나

어머니의 오랜 시집살이가 아침 연기를 하늘로 올리던
여기쯤, 그악했던 유배지는 지금 어떤 표지판도 없다

울음을 다 쏟아낸 암소의 빈 집
마을 어귀는 느리게 되새김질로 밝아 온다
어느 열아홉, 유독 답을 주던
빈 굴뚝의 검은 화기도 다 빠졌겠다

허물어진 빈 집, 바깥보다 안이 더 춥다

배꽃 아파트

수도원 가는 길, 배 밭 옆에 들어선 아파트 단지마다
창문을 다는 공사가 한창이다
문 하나가 생긴다는 것
드나드는 것을 허용한다는 것만으로도 따뜻한 봄날은
제 할일을 묵묵히 하고 있다
불빛하나 없던 곳,
배꽃이 피던 때처럼 환하다

문득, 주름진 이불처럼 덮여있던 슬레이트 지붕들은
다 누가 개어 놓았을까
밤이 되어 저 꽃밭 언제나 낮게 깜빡거리며 피더니
바람이 불어도 꽃샘추위에도 떨어지지 않는
붉은 꽃송이들이 높게, 높게만 핀다

덮고 있던 추위들을 벗어 버리고
문들이 톡톡 열리고 있다
따스한 빛 뭉치들이 도글도글 20도 프라이팬에 구른다
굽지 않아도 알아서 익어갈 빛의 무게들
〉

몇 개의 불빛이 떨어진 아파트 중간층의 봄밤
아직 귀가하지 않은 늦은 시간들
배꽃들이 거름의 말에 귀를 여는 철
저 밤의 꽃밭은 왁자한 열매를 만들고 있겠다

창문 하나를 열고 닫는 소리들로 왁자한 봄날,
온갖 문들이 달리는 공사로 바쁜 외각
수도원 주기도문이 적요를 조용히 열고 있겠다

여우야 여우야

푸른 온도가 높아지고
기절하는 순간이 툭하고 떨어진다
불가사의에 대해 제대로 공부한 적 있었나
아픈 것들을 공부한 적 있었나
몸은 어떤 허기를 지나가기에 통증을 받아먹기만 하나
미적분의 내종(內腫)들
왜 한 번도 우수수 떨어지지 않나

여우 꼬리가 흔들릴 때마다 門들이 門밖으로 나간다
닫힌 문틈으로 애벌레가 기어들어오고
뾰족한 부리들이 콕콕 집어먹고 있는 통증
어떤 통증에서 부화한 나방들이 신경 속을 날고 있나

너무 오래 혼자 아프다
근처 성당의 종소리들이 문병을 다녀간다
생사(生死)를 버린 지 오래 됐다
애벌레들이 입 냄새로 기어 나오고 그것들은
진화한 소리를 갖고 있다
〉

여우야 여우야 뭐 하니?

가끔 神이 아닌 알약들의 이름에게 기도할 때가 있다
전지전능한 약효에게 살뜰하게 말 걸 때가 있다
한낮의 뜨거운 이마를 짚고 있다가
손을 바꿀 때
안 아픈 곳이 있긴 있었구나,
손을 오래 내려다보는 때가 있다

구름의 집합소

미신을 초대하던 당상나무가 있는 마을 끝
금방 따온 솜처럼 물안개가 피어오른다
떡갈나무 오랜 잠의 시간이 길고
변하지 않은 것은 저 다리 밑으로 흐르는
물의 소리뿐이다

딱딱한 껍질들이 말랑말랑한 잠을 틔우고 있던
목화밭을 지나온 구름들
저 오랜 다리를 건너 도착하는 가을
다리 밑 물의 수위가
거북등짝 만하게 버짐처럼 말라가고 있다

꽃무늬 속의 꽃들은 그 색깔만 바래져 있고,
지금은 진통제의 영역에서 매무새를 고르지만
나는 이십년 전 잠을 애용하고 있다
아직도 떨어지지 않은
꽃의 송이들이 늦은 철을 견디고 있을 뿐이다

다만 다리를 몇 번 건넌 기억뿐인데

시간은 너무 딱딱해져 있다
어느 추운 밤 이불을 돌돌 말고
목충처럼 한 시절을 잘 견뎌내고 싶다

낡은 기계가 탁탁 소리를 내며
구름의 부피를 키우고 있고
여전히 둘둘 말린 잠의 시간 몇 채가 다리를 건넌다
곧 얼음 이불을 덮고
물고기들의 잠이 흘러갈 것이고……

난지도에 놀러갈까

몇 년 만인지 서랍을 정리한다
딱정벌레들이 오글거리는 그곳에 색색의 캡슐 벌레들

난지도에 놀러갈까
그 넓고 아득하던 공터에
쓰레기들이 가득차서 부글거리는
그 속이 살아있는 난지도에 놀러갈까
꽂아 놓은 파이프에서 푸른 불꽃이 피어나오는 곳
썩어가지만 오래 썩어갈 난지도에
썩어가는 내장을 갖고도 끄떡없이 살아있는
그 불멸의 공원에 놀러갈까

입원 중에는 퇴원용 약을 먹고 싶었지
간호가 없는 약은 가끔 얼굴을 바꿔서 무서웠지만
그럴 때마다 난지도에 놀러가고 싶었지
펄펄 끓고 있는 난지도의 단풍이 보고 싶었어
서랍에서 어둡고 눅눅함을 치유했을 알약들
몸을 흔들면 가을 나무처럼
우수수 딱정벌레들이 날아갈 것 같았어

〉

–복용법 참조–

공복에 복용하세요

날개가 생기기 전에 복용하세요

하루 세 번 복용하시는 거 잊지 마세요

호흡이 곤란하면 즉시 숨을 멈춰주세요

유통기한을 넘기면 날아갈 수도 있습니다

언젠가 멀리 날아갈 난지도에 놀러갈까

난독

검은 얼굴의 사내가
공중전화기 부스 안에 앉아있다
수려한 풍경이 그려진 카드를 손에 쥐고
몇 천개의 계단을 거슬러 올라와
사내는 지금 먼 곳의 집 현관을 두드려 놓고
기척을 기다린다

검고 알 수 없는 말,
수천 계단의 흔적을 자꾸만 먹어버리는

자전거가 지나가고, 아이가 뛰어가고,
나귀의 방울이 뛰어가고,
검은 등짐이 지나가고, 구름이 몇 차례 몸을 바꾸고
문 밖 현관에 앉아 아무리 문을 두드려도
저쪽 오지의 부재가 길기만 하다

길거리 난독의 간판들을 바라보는 눈
설산의 처마를 닮은 눈으로
화려하게 불의 글씨들을 쳐다보고 있다

〉

먼 고향의 불 켜진 방과 따뜻한 난로를 생각하는지
자꾸 두 손을 비비며 앉아있는 사내

문득 잠그지 않고 나온 텅 빈 부재의 방과 문
문 앞을 서성이는 검은 어둠에게
열려진 불빛만큼의 밝음을 던져주고 싶은 밤
손등으로 날아드는 저 흰 달빛의 온도에
전원을 켜고 싶은 검은 사내가 앉아 있는 밤

텅 빈 여름

몇 주 동안이나 덮었을까
육신의 짠 내를 모조리 푸고 있는 홑이불
여자는 꼭 배를 덮고 자야 한다고
배를 덮고 자는 일이 한여름에 생산적인 일이겠는가 싶다
멀뚱히 천정을 바라보는 여자

아무것도 없고 아무것도 지나가지 않을 천정에
달라붙은 파리 한 마리 무얼 애타게 비는지
빌고 또 빌고 있다
두 손 합장한 채로 멀뚱히 여자를 내려다보는
파리의 동공을 여자는 애써 피하는 것이다

여자는 시간을 동여매고 싶은 이맘때지만
어느 덧 팔월은 여자의 등짝을 탁 치고 있는 것이다
홑이불 돌돌 말아 몸속에 소금을 얼마나 지렸을까
여자의 배는 수북한 소금을 파리에게 내미는 것이다

끝나지 않은 여름 빌고 비는 파리
애써 소금을 내미는 여자

홑이불 열통에 말라가고 죽은 모기 천정에서 박제되고
파리는 창틈 사이로 세상을 향해 날아가는데
여자는 배 위의 땀만 훔치고 있다

텅 빈 여름 망중한 여자의 등짝이 흥건하다

일탈하는 위성

다닥다닥 판자촌이 별처럼 모여 있는 곳
달동네,
하얀 벽
– 낙서금지 잡히면 벌금 2만원
빛바랜 나무판자벽
– 벌금 내면 되지
쉬운 낙서처럼 판자에 기대선 늙은 노파의 동공은
궤도를 일탈(逸脫)하는 낡은 위성 시간의 그림자

언젠가 위성은 말했다
여기도 이제 재개발이라는
파도가 포말(泡沫)을 뱉어내듯 밀려들지도 모를 일이라고

건전지가 닳아가는 시계처럼 소멸되는 허공의 유언들이
진눈깨비처럼 날리는 도시의 말 말 말
재개발이라는 기치(旗幟) 아래
혜성처럼 춤추었던 애기꽃들이
호박넌출의 동맥이 말라가듯 소멸되고
허풍으로 가득 찬 혈관들도 서서히 막혀간다

저 멀리 고층 아파트의 허망한 불빛들이
하나 둘 어둠 속으로 사라지고
한숨만 남아 휘청거리는 거대한 회색의 행성
까만 밤이 깊어간다

저녁의 늦은 목소리

저녁은 스르륵 어스름을 넘어와 담장이 되기도 한다
아무 경계가 없다는 것도 모르고 저 혼자 담장이 되는 어둠
정다운 것들 다 그 담장 밖에 서 있고
가끔 시간이란 밝아지지 않는 어두운 담 같다는 생각도 들고

숲에서 천천히 걸어 나오던 어스름 나무들의 이름이 지워져 모두 숲이 되던 것을 기억한다면 늦은 목소리를 기억 하는 건 어렵지 않고 채마밭에서, 뒤란에서, 혹은 잠결에서 들리던 목소리 손발에 흙이 묻어있던 목소리

밥 냄새가 온 힘을 빼놓던 저녁이 있었고 애호박처럼 숨길 좋아하던 결식의 날들과 멀기만 하던 곡식이 익어 가는 철

허기가 곤두선 수북한 털의 개가 자꾸만 귀를 털어내던 저녁
〉

피안이 저녁의 담을 스르륵 넘어온다
오래 걸어왔으나 한 번도 앞서 간 적이 없는 저녁
목 밑까지 자란 세월을 끌어 덮고
이불 밑 어둠 속에서 나직이 불러보면 가끔씩 들리는
저녁의 늦은 목소리

물소리

아직도 바람소리, 물소리를 구별하지 못하겠다
찰나에도 수만 장의 물의 엽(燁)을 떨구는 폭포
만추(晩秋)에 날리는 엽(葉)
솟구쳐 올라 파도소리를 내는 역류의 숲 소리

지하수맥을 따라 나무들이 물구나무 서 있다
물관부를 따라 오르는 물줄기들
오래된 저 습관은 먼 곳의 추운 계절을 불러오기도 한다

모든 소리는 제 몸을 구부렸을 때 나는 것들이다
바위를 돌아 흐르는 물소리
아주 오래전부터 그러나 단 한 번도 끊어지지 않는,
아주 먼 곳에서 누군가
천천히 물소리를 감는 천직이 있을 것 같다

소리 나지 않는 것들, 불안한 것들이다
흰 거품을 최초로 흘리는 일, 마지막 쿵!
하고 쓰러질 때를 기다려
자잘한 소리를 떨구는 나무들
수직의 물줄기가 쓰러지는 그때
지하수 어느 수맥도 발길을 돌리겠다

초록의 힘

평온의 여유를 가지고 싶다면
초록의 힘을 빌리자

가지가 무성한 그의 품은
한참을 기대도 좋고

가슴이 먹먹할 땐
우람한 그의 심장을 기억해 봐

아무것도 먹지 않고
아무것도 가지지 않고
아무것도 걸치지 않고

그래도 괜찮아,
응,
괜찮아,

수면의 요정 어리연꽃처럼
고요히 기대봐
잠자던 너의 심장이 뛸 거야

현(絃)

현(絃)이 거쳐 온 곳들엔 다 공명이 열어놓고 있었다

그 어떤 크기 또는 어떤 새지 않는 넓이가
소리를 온전히 키우고 있었는지
먹먹한 그 집에서 스스로 나올 때 소리는
나비가 되는지

깊은 외부를 돌아 나온 소리의 날개에 리듬은 박혀 있고
몸통을 두드리면 쿵쿵 울리는 소리는
미처 빠져 나오지 못해 익사한 것들이다
모든 반주에 물기가 뚝뚝 흐르게 할 때

그의 몸속은 공진(共振) 회로처럼 빛을 촉발한다

나무의 잎, 나이테를 어지럽게, 어지럽게 빙빙 돌아
허공에 뿌려놓은 소리를 따라
수천의 현이 소리를 내뿜고 있다
연주는 언제 끝날 것인가
이끌려 나온 모든 소리들이 나무 밑 제 그늘에 떨어져

식은 소리로 수북하다

용수철 같은 저 참고 있는 현(絃)이라니
푸른 소리가 다 날아가고
현악기 그 앙상한 연주가 한창이다

되짚어 내려간 소리들은 지금 뿌리 쪽에 다 모여 있겠다
스스로 줄을 끊은 현(絃)이
뿌리에 모여 휘어지고 있는 한 철
한동안 바람은 팽창하지 않겠다

벽에 대해

가끔 생각해보니,
벽도 늙어간다는 것을 알았다
나도 벽처럼 낡아지고 인연들도
허이연하다

이는 바람처럼
벽이 오랜 침묵을 깨고 허공으로 날아오를 때
나도 날마다 벽에 기대 살고 있다는 것을 기억한다

오래도록 기대온 벽은 씨줄과 날줄처럼
수많은 집을 지었다 허물었다가 그랬다
때론 구름 같은 영혼의 프로그램이
능수버들처럼 물살에 떠내려가다 멈추어
기대도 좋을 견고한 벽을 원했다

그렇지만,
때론 소소한 바람이 드나드는 아주 작은 틈새는 필요해요

기차를 타고 레일 위를 달릴 때도 벽이 있다

거기에는 내 아버지의 검정고무신과 괴나리봇짐도 있고
뜨끈한 우동 한 그릇과 구운 달걀 한 줄도 있지

싱싱했던 벽이 시간의 풍화에 하얀 꽃으로 피고
허물어질 때에야 비로소
단란함이 거기에 있었다는 걸 안다

고드름

몇 번쯤 자리 맞춰 누웠다 일어나 보니
맑게 흐르는 말씀 한 마디씩이 똑똑 지면(地面)에 새겨진다
귀한 몸체가 아래로 자라 위로 오르는 말씀이다

노모의 주름 같은 말씀이 슬레이트 지붕을 타고
아래로 와 위로 자란다
이십사절기 마지막 밤의 자정 끝 말씀은 더욱 달구어질까

그나마 한 방울 눈물처럼 녹아떨어지는,
떨어져서는 짧아져가는 노모의 회향(回向)같은
잔소리

그 잔소리의 주름 사이로 물 종지 하나씩 늘어가고,

어느 먼 산맥의 백년 설(雪)은 오래도 그 뿌리를 지켜왔다는데
노모의 백년 설(說)은 언제까지 지켜질까
드문드문 피어난 검은 꽃들 하얘질 쯤 그 어느 시간에

〉

그 꽃이 너무 무거워 똑딱이며 떨어지는 검은 물방울

처마 아래 구멍 파인 종지 안으로 해와 달이 자랐고
불안한 틈새로 갈수록 자라는 무념(無念)의 물방울들
슬레이트 지붕 같은 주름 사이로 총총 소멸할 듯 박힌

노모의 꽁꽁 언 뿌리는 어디쯤일까

판도라

땅거미가 내려앉은 아파트
커튼 사이로
체면도 잊은 채
흘러나온 불빛을 훔쳐보며
엉큼한 유희를 즐기는 그대여
판도라를 욕하지 마라

금지된 것을 향하는 그대의 호기심은
욕망의 불꽃이 되고
꿀단지에 붙어 단맛에 취해버린 개미처럼
판도라의 상자를 열어야 하는가

황혼이 다가올수록 새롭고 흥미로운 것도
서녘으로 지는데
그대는 심해로 머무르고 있는 휴식일 뿐이오
어린아이의 둥그러진 눈동자와
늙은 늑대의 탐욕스런 눈빛
영원한 제우스의 프로메테우스를 향한 음모의 시작이여
에피메테우스의 사랑도 판도라의 호기심을

붙잡을 수 없다는 말인가

희망은 컴컴한 어둠에 갇히고
거리의 여인을 향한 음탕한 발걸음
그대여
판도라를 욕하지 마라

플러그

몇 년, 벽으로 누워 지낸 시절이 있었다
통증으로 캄캄했던 시간
몸은 온통 플러그를 꼽고 있는 듯했다
갑각류 같은 껍질에 플러그를 꽂아 넣으면
금방 환해지던 몸
어느 싱싱한 피보다 더 진하고

먼 곳으로 몸을 데려가던 싱싱했던 그 전류

방전의 때를 수시로 놓치고 말았던 그 해
창문으로 나를 들여다보던 파란색 링거 병들
고요를 충전해 바람을 만들어 내던 포플러들이
링거액처럼 뚝뚝 떨어지는 가을

요즘도 가끔 찾아오는 그때의 기억들이 있어
퓨즈 같은 기억은 어느 곳에다 꼽아도
감전이 묻어 있다
퓨즈가 나간 캄캄했던 기억을 서둘러 닫는 날들
저쪽 숲에 퍼지고 있다

제 몸들 서로 부딪쳐 껍질 벗겨진 전선줄처럼
나무들이 먼 곳으로 소리를 날려 보내고 있다

먼 곳으로 떠났던 몸의 통증들은 지금 어디에 있을까,

작은 소리만 앞을 기웃거려도
서둘러 잠그는 몸의 문

숲은 모든 플러그를 뽑고 캄캄하다

꿰매고 또 꿰매고

저기, 광장 가득 울리는 메아리처럼
이슬 같은 비가 누웠다가 앉았다가
슬프도록 엎드려 내린다
빗물이 검불 사이를 비켜가며 길바닥으로 흐른다
또다시, 멈추다만 이슬비가 내린다
이슬비에 길바닥이 갈라졌다
빗속으로 자꾸만 메아리가 들려온다

메아리를 꿰매다가
길바닥을 꿰매다가
헤집어진 마음도 꿰매는 중이다
상실의 덫에 걸린 가슴속으로
모래바람이 불어온다
그, 가슴마다에 충혈을 일으킨다

뜰 밖 잡풀을 뽑으려니
저고리 단추가 떨어졌다
단추를 달고 나니 단춧구멍이 너덜너덜해 있다
단춧구멍도 꿰매야겠다

〉

이슥한 밤

너덜해지는 뉴스도 가지런히 기워놓고 싶고

구멍 난 양말도 꿰매니 눈물 그렁그렁한 밤이다

빈집 1

와글와글하던 외딴 너와집
파르르 경계의 마디를 자르며
파란 기억들이 홀연히 허공 속으로 날아가고
호두나무 그림자만 겹겹이 누워 있다

비스듬히 누워 녹슬어가는 집
밤이슬은 슬레이트 지붕을 갉아먹고
안개가 축축하게 내려깔린 어스름 새벽
바람이 빈집의 한 생(生)을 떠받치다
풀썩 주저앉는다

후드득
호두나무 심장 속으로 빗방울이 떨어진다

툭
.
.
.

빈집 2

얼마나 비어 있었을까
부서져 내리는 오래된 대들보
콩벌레가 다글다글하다
벌겋게 녹슨 전자키
밤이슬이 번호판을 갉아 먹고 있다
바람이 때도 없이 넘나들었을 문지방
그 끝 푸석한 틈새로 풀씨가 싹트고 있다
주저 앉을 것만 같은 서까래
노모의 식기 요강 삭아지는 빨랫줄
장부가 패놓은 앙상한 장작더미
연기가 피어오를 것만 같은 굴뚝
알을 깨고 나오지 못해 박제가 된 달걀 무더기
마당 끝에서 추녀까지 온통 거미의 집
무릎 꿇고 망부석이 된 앙상한 탱자나무
그림자

달빛이 초연한 밤
일련의 왁자한 이야기는 다 어디로 갔을까
허공 속으로 풀벌레 울음만 애달픈데
뒤뜰에는 하얀 메밀꽃이 한 아름이다

교집합의 공동체

바람에 흔들리는 버드나무 부딪는 소리들
뚝 꺾어지는 나무의 관절마디는 애벌레들의 집합소

숱한 고뇌의 폭풍이 지나고서야
원형의 지구가 되는
사람과 바위 그리고 구름은
교집합의 공동체
그 안에 일그러진 영웅처럼 소리 없이 사라지는
구름은 무엇을 항변할 것인지
몇 번이나 피었다 쪼그라드는 개나리꽃무리에
화들짝 놀라 깨어나는 계절
계절도 상식의 선을 넘어선지 오래다

밤이 이슥토록 밤바람은 꼭대기를 넘어 오는데
눈썹 끝에 매달린 초승달은 아무런 항변도 못하고
내내 보름날을 기다리지
하얀 소복의 여인은 산꼭대기 바위 귓불에 다가가
그의 이름을 부르며 조아리던 자리에는
푸른 이끼가 돋고 있다
〉

하늘을 보았다
곧 쏟아질 것 같은 비구름
대지는 온전히 성수를 받아먹고
생기가 돋을 것이며
비로소 모든 살아있는 것들이 단장될 것이나
사람도 바위도 구름도 스치는 바람에
몸 풀고 떠날 텅 빈 허공의 밖인 것을

저 멀리 뉴스가 전파를 타고 줄줄 흘러내린다
표류하는 아우성은 진눈깨비 되어 날리는데
구름은 탁한 얘기를 둘둘 말아
대지의 끝자락에 쏟아내곤 엉엉 운다

무딘 시간을 벗겨내고 새 하늘 새 땅으로
히니 돌 살아있는 모든 것들이 귀를 여는 철
사과나무 환희로 귀환할 것이며
히말라야 산맥의 구름길을 따라 걷는
어린이가 데자뷰 속살을 벗겨 날리우고
멍에를 벗은 낙타가 지나온 길의 셈법은 잊은 채
둥근 원을 그리고 있다

캡슐 속 여우가 있었네

한기가 남아 아직은 낮은 온도이나
마른 가지에 물이 오르고 지난 한 철의 매듭을
풀어내고 있다
죽은 듯 모든 혈관을 닫고
호흡을 멈춘 계절이 열리는데
천변 벚나무 옹알이하듯 꽃 몽우리 솟고 있다

오래도록 앓아온 몸살이 연어처럼 알을 까고
부화하기를 몇 번
몸속의 혈관이 터질 듯 팽창해가다
어느 날 꼭대기에 걸려 뚝 끊어져 너덜해지고
통증은 어떤 딱총으로도 사살되지 않을 것이기에
서랍 속을 더듬거렸다
껍질이 벗겨진 캡슐 속에 여우가 아홉 개의 눈알을 굴리며
서서히 입속으로 들어와 미끄러지듯
혈관 속으로 파고든다

꺾어진 뼈마디는 해걸음에 걸린 빛살나무
혈관은 힘없이 뚝 끊어진 고무줄이 된지 오래

전등불 아래에서 꼭두새벽이 올 때까지
포스트잇에 소원을 써 수선화 꽃잎에 붙이면
가까이
나직이
여우는 꼬리를 감출 것이며
부화된 통증은 나비연되어 비상하리니
앞산 진달래 붉게 피는 봄이 오듯이

오래된 기억

숲의 모든 소리가 움직이자
고요가 서서히 깨어나는 이른 새벽

바람이 소나무의 끝가지를 흔들어
허한 심장 속으로 향기를 얹는다

동트는 햇살에 비스듬히 기댄
장미허브가 짙은 향기로 툭 안겨오고
왜소했던 소나무 소낙비에
매무새도 호탕하니 우뚝하다

새벽길 맑고 선한 공기가
목덜미를 휘감아 돌고
초록 아침이 환히 열리는 이른 새벽길에
아득히 떠오르는 가슴 먹먹한 기억 하나

오래전,
선생님이 툭 건네주던 꿀밤이란 것을 찾는데
따끔하게 먹은 것에 대한 기억이 상수리나무 아래서
자꾸만 울컥울컥한다

2부

자연의 공로

타는 듯 바삭거리는 초여름을
잘도 견뎌주는 텃밭의 작물
노란 꽃을 피우고
하얀 꽃을 피우며 기쁨을 준다

몇 번의 물줄기를 뿌려주었을 뿐인데
바람과 이슬의 힘으로 열매를 맺었음을 안다

쿵쿵 심장이 뛰는 건
푸른 열매가 빛났기 때문이며
내 두 눈을 적시게 하는 것도
푸른 근육들이 땡볕을 삼키며
여물게 커 주기 때문이다

바람과 이슬방울이 키우고 있었다는 걸
너희의 심장을 보고서야 알 수 있었으며
가끔 내려주는 비가 고마운 덕이란 걸
내일 아침이면 더 여물어 줄 열매에게서
학습할 것이다

살아간다는 것은

죽어가다 살아나는 것
살아나다 죽어가는 것
모두가 하나의 실체인 것

액자 같은 테두리에 갇혀 온전히 내어 주고
틀 안에서 부화되어 나비가 되는 것

세상이 숲처럼 디자인되길 바라는 건
나만의 추상일까
썩은 사과의 흠결을 싹둑 잘라내고
완전한 사과를 먹어야 하는 거
그건 너무 고독하지 않은가

꿈틀꿈틀 살아내는 길
자아로 오르는 지름 1밀리미터의
시작점이어도
매일 신선하게 출발할 것이다

숲을 보며

괄호가 쉼 없이 열리고 닫히는 숲
고령의 이팝나무 석양빛 노을에 회자되고
허공의 한줄기 빛 해와 달의 길을 건너가는
길목 안으로 구름의 집에 닫힌 괄호를 열 때,
숲의 혈관이 파르르 태동을 하고
이팝나무 먼 하늘의 푸른 눈물 닦아내며
환한 그리움에 젖어든다

숲의 괄호가 열리고 닫히는
그 찰나의 순명은 거역할 수 없는 잠언이 되고
꽃잎이 피기 전 봉우리의 떨림처럼 가슴을 쓸어안을 때

저기 어디쯤,
정물처럼 앉아 신록의 품에 볼을 부비곤
언젠가 유년의 그림자와 걷던 좁은 오솔길
그 길 너머의 나지막이 보이는
하늘 숲을 생각하는 것이다

단풍

한낮인데도
저 나무들
불 환하게 켜 놓고 있구요

바람 가득한 여름 내내
푸르게 문 잠겨 있던 나무들
그늘 이불 몇 장도 다 개어 놓고요
폭염을 불러 들여
붉게 다 익혀 놓았구요

며칠 전 전해들은 부음을
다비 장(葬)으로
활활 태우고 있는 시월
온 산마다 불꽃들은 아래로 번지구요

가을을 다 끄고 가겠다는 듯
제 발밑이나 환하게 비추어 보겠다는 듯
등(燈) 다 떨어져 낙화하구요
〉

플러그가 뽑힌 나무 한 그루가
잔바람에도 풀썩거리는 늦가을 마당을
다독다독 재우구요

바람 끝,
단풍(丹楓)도 다 진 감나무에서
붉은 등 하나가 툭 떨어집니다

호두의 계절

그 해 열매들은 그 해 떨어진다
허공이 압축하고 있는 열매들
동여맬 수 없는 시간, 회전할 수 없는 소식이 숨어 있다

여름이 여름 속으로 사라졌다
어느 긴 외박(外泊)과 더불어

열쇠를 잃어버려 몇 년째 들어가지 못하는 방
돌리려하면 삐걱대는 말이 먼저 튀어나오는
긴 부재는 녹이 붉게 슬어 있다
소식 없는 여름
툭탁, 해묵은 가을비는 계절을 식히고 있는데
호두나무에 호두가 열리지 않는 가을

딱딱하게 여물어갈 근거리의 기억 하나
바람에 흔들리며 되새김질할 뿐

자주 문을 잠그지 못하는 날이
고무줄처럼 늘어났다 줄었다 한다

끊어질 듯 어스름히 길다
문간 옆에 계절을 찾아오지 못하는
술래 같은 나무의 기억 뿐
신발이 놓였던 자리에 열매들이 썩어가고 있다
지나간 수사들이 풀씨처럼 부주의하고
호두나무들 찾지 못하는 치매의 문틈

호두나무 문 열고 들어가지 못하는 가을이
짧은 볕에 스티커처럼 붙어 있다
툭툭 열매를 떨궈 가을을 잊으려는 호두나무
가지 사이사이로 반짝거리는 햇빛을 키우고 있다

담쟁이 구름 한 조각

담쟁이들이 푸른 그늘처럼 담을 넘어 가고 있다
푸르게 물들어 나오는 멍처럼 담을 넘어 가고 있다
온 담을 지우겠다는 생각이 넓다
제각각의 눈들을 끌고
장대비 같은 역류의 길을 간다
어쩌면 저 먼 곳 구름 한 채를 닮고 싶은지도 모르겠다

그 옆 낮은 슬레이트 지붕 밑
평생을 누워있는 사내의 등 밑을 담고 싶은지도 모른다
그 사내의 때 절은 이불이나
지긋지긋한 병과 친구인 사내
그 병의 흡반을 닮고 싶은 지도 모른다
그러나 잠시, 어느 지점을 덮는 마음이 어디 쉬운가

저 담을 보니 바삭 마른 등딱지 같다
아! 느리게 걸어가는 거북이 같다
힘든 바람이 모여 쉬는 모습 같다
열심히 그물 깁고 있는 제법 큰 거미 같다
〉

면 물길을 놓치고 고여 있는 작은 웅덩이 같다고

나를 지우고야 말겠다는 듯
내 속을 지우며 퍼져 나가던 검은 줄기 식물이 있었다
흡반이 찍어 놓은 그 많은 걸음 걷어내느라
좋은 시절 한 땀 흘리며 걷지도 못했다
담쟁이처럼 바닥을 탐하며 좋은 시절을 누워만 있었다
누에고치처럼 하얀 집에 오래 누워 있었다
그리고 오늘 나
저것들, 담쟁이 구름 한 조각을 오래 쳐다보고 있다

청양 고추를 먹다

전기누진제가 폭탄처럼 터지던 날
오래 해묵은 에어컨은 구석진 곳에서
그렁그렁하다

청양 고추 한 자루를 삼킨 것 같은 여름
이 여름을 기억하고자 흐르는 비지땀을
청양 고추에 버무려 우걱우걱 먹으니
온 몸에 불이나 죽을 지경이다
119라도 불러야 하나

바람이 분다
청양 고추 먹다 들킨 매운바람이 컥컥 운다

바다

수평선 가득
불어오는 바람
긴 호흡 부려 놓고
떠나는
뱃고동 소리

작렬하게
부려지는 포말
노인과 바다의 전설은
금빛 물결에
젖어들고

홍시처럼 익어가는 바다
해풍이 빚어놓은
둥지 속으로 깃들고

고요한 밤바다
외줄기 빛
저 멀리에도 밝다

푸른 돌

셀 수 없는 시간을 견디고 나면
푸른 한때를 걸칠 수 있는 것인가
오직 풍화만이 꽃피워 낼 수 있는
푸른 돌
그 지붕엔 빼곡하게 몸 밖으로 나온,

푸른 이끼가 돋아나 있다
식물의 한때를 키우고 있는
바위,
내 육신 면면의 살점들도
저 바위처럼 풍상의 이력들을
쌓아가고 있다

파란 하늘에 흰 구름의 이끼가
듬성듬성 끼어 있다
잠깐 한눈을 파는 사이
생성과 소멸을 반복하는
습지의 호흡들은,
어쩌다 저리 딱딱한 몸을 빌려

한 생을 살다 가는지

바위 속에 푸르게 끓고 있는 엽록
아침 이슬로 목을 축이고 있는
어느 아낙의 불심(佛心)처럼
바람에 흔들려 몸 밖으로 나오는 것들
하나의 씨알이 순산되는 운명

푸른 무게 한 채가 쿵하고 마음에
떨어진다

나무에도 영혼이 있다

불어오는 바람을 귀퉁이로 몰아세우곤
나무 심을 구덩이를 판다
구덩이에 물을 반쯤 채워주고
호두나무 자두나무 대추나무를 심는다
나무집에도 바람이 들면 안 된다는 걸
그동안 참 몰랐다

나무는, 나무라고만 생각했다
그냥 있어서 있는 줄 알았다
나무그늘이 좋았고 바람이 있어 좋았다

나무를 심으며
노쇠해가는 아버지를 생각한다
아무리 거센 세파도 문제 없었다
늘, 그럴 줄만 알았다

나무에도 영혼이 있다
거센 바람이 불면 나무도 운다
바람이 잦아들자 나무는 깊은 호흡을 한다

〉

야위어 가는 아버지 등 뒤로 나무들이 나란히 서있다
거센 바람이 불어와도 괜찮을 것이다
건실한 나무들이 지켜낼 것이니

바람을 등에 업고
꾹꾹 눌러 밟으며 나무를 심는데,
먼저 심은 감나무에 오종종 꽃망울이 싱글싱글하다

수틀

수틀에 가득한 밤
십자수를 놓고 있는 허공,
별들은 번호를 따라 촘촘히 박혀 있다

한 번 본 별들이 눈앞을 떠나지 않는다

아버지 눈앞에 뜨던 별들은
어느 은하를 지나 온 것일까
철공소 앞 이팝나무 가지마다
흰 별들이 무겁게 떨어지고 있었다

별은 언제나 얼굴을 가려야 볼 수 있는 것이란다

심중에 오래 고여 있던 말들마다
맑은 당부가 푸르게 튀었다

붉다는 것은
낡아간다는 것의 또 다른 말
팽팽한 용접의 자국들 마다엔 더 이상

혈관이 흐르지 않았다

보아라, 상처란
서로 제 것이라고 잡아당기는 것이란다

먼 은하에서 빌려 온 눈으로
팽팽한 수틀에 별을 주워 담고 있는,

붉게 녹슨 아버지

저수지

가을 저수지가 미닫이문을 열었다 닫았다 한다
창문 밖 수면에
수천의 눈이 둥둥 떠다니고 있다
저 환한 피안, 여름 내내 흔들려 한 일이라곤
흔들리는 소리만 본 것이 전부지만
누군가 미닫이문을 열고
한 사발 물이라도 찾을 것 같은 날
맑은 갈증이 무겁다
소리를 내는 눈이라니
어느 얼굴에 가서 붙으면 한생 시원하기도 하겠다
지난 봄 뾰루지같이 돋아나던 개안
벌레도 다녀가고 작은 구멍도 생기고
이젠 물고기 방이나 훔쳐보겠다고 둥둥 떠 있는 문

눈을 감고 그 안을 살피니
수면 위를 둥둥 떠다니면서 헤엄치는 물고기를 닮았다
저수지에 의탁해 평생을 흔들렸으니
어느새 뿌리는 수심 깊은 곳으로 내려가기만 할 뿐
유영하는 어족이 울긋불긋하다

〉

산기슭 쪽으로 마음 준 그늘은 비릿한 명당이다
물에 비치는 전등 하나 저수지 창문 옆에 걸려 있다
낚시를 온 사내들의 무상(無想)은 그 달을 벗겨내어
라면을 끓이는 연료로 쓰기도 하지만
저수지가 딸깍 전등을 끄는 때
달은 나뭇잎 사이 닫힌 문밖으로 고개를 내밀고
독거노인처럼 한 사발 물을 청할지도 모른다

딱딱한 생각

염소가 원을 그리고 있다
둥그런 것들은 천천히 걷겠다는 뜻,
정오는 염소의 눈에서 껌뻑거리고
뽑히지 않는 생각들이 자꾸만
정오의 눈 속으로 털처럼 날려들곤 한다
느낌표 하나가 염소를 묶어두고 있다

염소는 입에 고이는 생각을 되새김하며 우물거린다
느낌표는 딱딱한 생각을 머리 밖으로 밀어 올리고
부드러운 것들만 불룩한 뱃속으로 차곡차곡 넘기고 있다

두 개의 뿔에 꽉 차있는 딱딱한 생각들을
가끔 느낌표 말뚝에 비벼보지만
생각은 좀처럼 터지지 않는다
긁어낸 자리는 더 딱딱한 각질이 된다

흐르는 물소리 한 줄기를 입에 넣고 우물거리는 염소
염소의 눈에서 나온 누런 해가
산 그림자를 끌고 와 저쪽 마을을 덮고 있다

물음표 같이 허리가 굽은 사람이
까만 고무장화를 신고와 느낌표를 뽑고 있다
물음표가 느낌표로 바뀌는 짧은 순간, 어둑어둑해진다

그 해 밤하늘엔

북해의 칼바람을 맞으며
숭고한 세월을 지켜 온 헤이그
그러나…

오이노피온의 간계와 아폴론의 전갈만이
순수한 영혼의 번제를 노릴 뿐,

허울 좋은 만국평화회의
제국주의 열강들의 잔치에
정의의 목소리는 사장되고
무심하고 달콤한 거래만이 밤하늘에 빛났다

아르테미스의 사랑은 결국 해풍에 부서지는
금파의 허무
거인은 쓰러지고
차가운 어둠은 비겁한 침묵만을 토해 낼 뿐
필력과 민심은 외면하고 천심도 잠들고
무심한 밤하늘엔,

〉

기나긴 시베리아 횡단 열차에서 바라보았던
그 찬란한 희망의 빛은
동트는 새벽녘, 희뿌연 물안개 속 진혼곡 되어
하얀 수의를 입는다

헤이그,
그 해 밤하늘엔 오리온성좌는 없었다

호수 1

호수는 온몸으로 하늘을 담아내는
거울단지

때로는 흰구름
하나하나

잔잔한 물결 속에 그려내고
때로는 먹구름 무리무리

거치른 파도 속에 그려낸다

하늘이 호수인지
호수가 하늘인

푸른 하늘을 닮아 새파랗고
잿빛 하늘을 닮아 회칠한 듯

호수는 그렇게 하늘을 담아내고 있다

호수 2

호수는 온 몸으로 산색(山色)을 드러내는
거울단지

때로는 분홍빛 진달래
망울망울

청명한 봄기운에 내비추고
때로는 단풍진 가을나무
가지가지

청청한 바람 따라 흩뿌린다
산색이 호수인지
호수 빛이 산색인지

봄 산을 닮아 빨갛고
가을 산을 닮아 울긋불긋

호수는 그렇게 산벗 삼아
산님을 비추고 그를 단장한다

오늘도 하이킥(high kick)

거리마다 낙엽은 쌓이고
잎 다 떨어진 앙상한 나뭇가지

눈이 부시도록 뜨거웠던 태양
푸른 숲을 찾아
맴돌던 한 때가 있었지

그 많은 진통을 겪고서도
아직, 사랑하는 법을 몰라
교과서처럼 익혀가는 길

치맥을 주문하고
불어오는 바람을 마주하며
잔을 높이 든다

내내 살아봐도
느림의 미학에 접근은 어려워
엘피판처럼 둥근 사랑이지 않아서
참 고민이지

〈

가을, 거침없이 훌훌 날리우는
낙엽처럼 거침없이
하이킥(high kick)이고 싶다

꼬깃꼬깃 접어두었던 어제의 페이지가
와락 안기는 소소한 밤
밤하늘 별들의 얘기들이 소곤소곤
간간히 유년의 얘기가
토마토소스처럼 시큼한 밤
민달팽이처럼 고독하고 싶진 않아

캐모마일 차 한 잔을 우려내는
깊어가는 밤
늦가을 바람이 신선한 여왕처럼 우아하다

바오바브나무처럼

새아침 경이로운 빛
어둠과 밝음의 세계
지구는 살아있어 눈부시다

유리창의 싱그러운 이슬방울은
진주처럼 빛나는 오아시스
호숫가로 물구나무 서 있는 바오바브나무
곧고 풍요로운 몸가짐 성근 열매
어떤 흔들림도 없는 신비의 세계

가끔, 여러 갈래의 길과
엉킨 실타래처럼
명암에 따라 바뀌는 색채처럼
중심을 잃더라도
한 번쯤
거꾸로 파란 세상을 잘 보고 싶다
그럴 수 있을까
그럴 수 있지 않을까
간혹 흔들림이 있더라도
내 오랜 친구와

참빗살나무 옆에서

저물어가는 겨울 해를 마주하며
나무의 마디를 탐색해본다
푸른 도가니가 다 빠져나간 앙상한 가지는
비틀어진 다리를 끌며
엉성하게 걸어가는 노인의 무릎처럼 건조하다

산 아래 빈 학교, 웅성거리던 젊음의 광장은
하얀 한기로 메워져 있고
흔들리는 시야 속으로 바람의 돌기가 사납다

하늘과 땅 사이의 여백은
텅 빈 허공, 그 안으로 이어진 사이 길로
구름과 안개는 한 몸처럼 몸을 풀어낸다

참빗살나무와 산허리가 경계를 허물고
노을빛이 나직이 숨어드는 겨울저녁
여울목은 아직 숨비소리 거칠다

배추

배추 모종을 텃밭에 심었다
붉은 빛들이 쏟아지고 간간히 부는 바람이
처지는 잎사귀를 일으켜 세웠다
잠시 들여다보는 것을 잊으면
손가락만한 누런 배추벌레는 배추를 통째로 갉아 먹고
굵은 똥을 싸놓고는 구물구물
깊숙한 곳으로 숨어든다

벌레도 뇌가 있는가 보다
살짝 가까이 가노라면 몸체를 돌돌 말아 정체를 숨기고
배춧잎을 아주 정교하게 모조리 갉아 먹는 걸 보니
내가 먹어도 맛있는 부드럽고 달짝지근한
로컬푸드이니 말해 무엇하랴
아, 맛의 유혹이란 무서운 게다

텅 빈 문 틈새로 갈바람이 스며들고
휘영청 밝은 달이 배추밭 이랑사이를 낮게 비추고 있다
달은 배추벌레를 다 삼키고 새벽이슬을 흩뿌리곤
유유히 은하세계로 돌아가고

배추는 한 겹 한 겹 똬리를 틀며
노란 속살을 에워싸는데
소슬바람이 대추나무 잎을 소소히 흔드는 초연한 밤
닫힌 문틈 사이 서성이는 시월상달이 참 밝다

지퍼

체크무늬 가방 속에 물러터진 자두 한 알
노랗던 것이 붉게 익는 동안
한 번도 그 관심을 열어보지 않았다
구름을 막 벗어난 달이
지퍼를 열고 하얀 웃음을 꺼내는 동안에도
가끔 따끔거리며 화농을 키우고 있었을 자두 한 알
오래 붉던 전구가 깨어지듯
농익은 자두는 소리도 없이 터졌겠지
캄캄한 가방 속 시큼하고 어두운 시간엔 통증도 없어
까만 속을 까맣게 닫고만 있었겠지

나뭇가지마다 지퍼가 열리 듯
연두색 이파리들이 돋아나고,
다시 파랗게 닮어져 허공이 닫히던 여름쯤

가방을 열었다
작은 방을 닫고 있는 몇 칸의 지퍼들
그 중 하나를 열었을 때 거기엔
짓무른 종양이 저 혼자 가방을 물들이고 있었지

아마도 열심히 외롭던 시간이었을 것이고

몸에 나뭇가지 자국이 생겼다
분홍빛 잎들이 촘촘히 돋아나 있는 가지
터진 자두 한 알을 꺼낸 여름은
마취 중이었을 뿐이고
굳게 닫혀있는 지퍼에는 손잡이가 없다

봉합이 구물거리며 지나간 자리마다
가지는 다 어디로 가고
빈 꽃송이들만 점점이 박혀 있다

가지도 없이 꽃도 없이 열렸다가 저 혼자
농익어 터진 자두 한 알

여우꼬리를 물고 늘어지다

건널목 신호등이 녹색으로 바뀌고
빨간불로 바뀌기 전에 서둘러 뛰어야하는 것
조금은 너그럽게 하늘도 보고 들꽃도 보고
그러고 싶은데 신호등은 너무 빠르고 정직해

구불구불한 길은
단숨에 가길 허락하지 않고 바삐 가지 않아도 되는
아버지의 아버지 또 아버지의 아버지가
괴나리봇짐을 메고 넘나들며 걷던 길
신호등이 없어도 하늘의 별이 있으니
에둘러 뛰지 않아도 되었을 좁다란 길

살아온 길을 돌아보기도 살아갈 길을 설계하기도
어느 날은 커다란 바위에 기대어 불어오는 바람에
번뇌를 떨쳐내고 탱자나무 틈 사이로 보이는 액자인 양
푸른 하늘이 담겨있는 풍경은 할머니를 닮은 맑은 눈

때때로 흩날리는 나뭇잎들이 세상으로부터 밀려나
그리움으로 쌓여가는 아픈 질서들에서 학습하는 것이란

스산함이 밀려들어도 문제없다 토닥이는 따스함

신호등처럼 늘 가리킴이 없어도 이파리 하나 둘
툭 떨어져 내릴 때 달리던 걸음을 멈추는 것
울타리 너머의 가로등이 너무 어두워 못되었구나
하는 생각, 생각은 여우꼬리를 물고 늘어지다
눈알이 벌건 여우가 되어, 여우로 또 하루를 사는 것,
그렇게

물드는 이유에 대해

따가운 볕도 슬픈 날이 있나
무른 껍질들이 빈집을 지키다
다 헤져 박제된 나비가 되었다

칸칸이 박제된 상흔 속으로
빨갛게 타는 대지의 심장소리
무던하게도 질주하던 달력의 위력들
그 무한할 것 같았던 질주도 한 장 두 장 뜯겨져
한 순간처럼 계절을 바꾸어 놓았다

나뭇잎들이 타닥타닥 갈라지는 목마름은
발등으로 쿵, 떨어지고
칠월 그믐 쯤 기억 하나가 낮달을 쓰다듬으며
물드는 이유에 대해 묻는다
마른 말이라도 해야 하지만
그럴 수 없는 건 왜였을까
슬프다, 그의 뿌리로만 양동이로 퍼 나른
물의 양에 대해서만 기억할 뿐
남겨져 곱게 물드는 진리는 외면지고,

곱구나, 고와, 라고 떠들 줄만 알았다

발등으로 떨어진 낙엽을
마치 에둘러 뜯겨져가는 달력을 외면하듯 차버릴 때
마른 풀잎을 곱씹으며 말뚝에 메인 염소처럼
어지러움이 불꽃처럼 일어나고
물음표 하나가 소낙비에 바스러지는
영혼들을 다독였다

얇아지는 뜨거움 그 정열도 다소곳한 시간
초연한 빛으로 물들며 익어가는 계절, 가을

축령산의 봄

축령산 기슭을 오르면 빼곡히 늘어선 편백나무
푸르고 짙은 향기가 온 산에 겹겹이 짙다

싱글싱글 부는 봄바람 속에
산 매화나무 수줍은 듯 벙글고
숲속 정원에 포개지는 그늘이 좋다

길가에 민들레 한 백년으로 피어나고
쑥이 자라는 양지쪽엔 은어 떼처럼 바람이 분다

그늘 안으로 햇살이 달려들고
호숫가 물오리 떼 짝짓기에 골몰하는데
텅 빈 허공 속으로 토요일의 붉은 노을이
장건한 군인처럼 불끈하다

곧 밤이 오겠지만,
어쩌면 오늘 밤 별들은 더디 돋을 것만 같다

3부

신을 만나는 시간

가을햇살이 종탑으로 동그마니 앉아
소풍 나온 노부부의 뒷모습을 따라가네

정원으로 햇살이 내리쬐는 오후
달달 눈꽃 아이스크림
살살 녹아드는 맛에 숙성되어갈 즈음

신을 만나는 건 과분한 은혜이지
익숙한 듯 어설픈 듯 신(神)을 만나는 시간
어떤 상념도 필요치 않네

이끌림대로 가까이 다가서면 오감으로 만나게 되는
나의 하느님이시기 때문이네

일회용접시처럼 쓰이다 썩지 못할 영혼이면 어쩌나
사뭇 두려움도 크지만
다소곳 두 손 모으고 조용히 신을 만나는 시간
비애의 혹독함은 사라지고 마른 담장 위로
담쟁이가 둥그런 희망을 키우며 오르듯
다소곳이 가는 길을 단장하네

내 마음의 서랍

걸어가는 한 생(生)의 디딤은
유년의 이야기가 층층으로 쌓여
한 권의 책이 되어 부화(孵化) 날을 기다리는데
중간층 서랍은 익어가는 감처럼 환하거나,
농익어 터져버린 이야기가 서랍 속을 들락거리고 있다

아직, 안개도 잠자는 이른 새벽
무엇과도 바꿀 수 없는 겹겹의 페이지가
길들여진 서랍 속을 유영하고
화살처럼 등이 휘어진 아버지의 일기 공책은
붉은 노을처럼 빠르게 써진 걸까
양지(陽地) 같은 서랍 속을 곰곰이 더듬어도
물음표 하나 제대로 읽을 수 없다

오랜 날들이 지나도 비울 수 없는 서랍이 있다
여든 페이지의 엄마 서랍이다

무릎이 다 해져 철심을 넣고도
장맛에 대해 가지런히 열거해 놓은

엄마 서랍

짜고 달고 매운 장맛을
세월의 어느 강가에서 느낄 수 있을지
세월이 흘러 어느 날
허공 속으로 비워질 서랍 속을 보게 될지 알 수 없지만,
묵언 수행하는 바닷가 물결처럼 내일도 견고한
한 페이지가 기록되길 바라는 것이다

실밥

터진 바람, 바람의 실밥을 타고 놀았었다
그 실밥을 나무에 양 갈래로 묶어주고
보풀처럼 아버지는 돌아 다니셨다

뭉게뭉게 구름이 꿰매어지고 있었고

초록이 저녁처럼 돋을 쯤에
불이 난 앞산엔
바늘 같은 나무 묘목이 촘촘히 심어지고 있었다

허공의 먼 곳까지 갔다가 돌아왔던 그네
터진 옷섶 사이로 다 새어 나가던 여름과
저속의 후폭풍 여울 같던 유년

공중에 실을 매어 살고 싶었던 풍향계의 이마,

오늘 아침 흰 실밥이 붙어있는 옷을 입는다
자꾸 뜯겨지기만 하는 몸의 외피(外皮)
〉

몇 번의 실밥을 뽑아낸 자국이 흩어졌다
한 몸을 단단하게 잡고 있는 실,
뜯겨져 나간 맨살의 지퍼자국만 길다

바늘을 몸에 꽂고 오래 누워 있었다
똑똑 끊어지며 오래 흐르던 실

시월도 몸살을 앓는다

한 여름날의 뜨겁게 달궈지던 대지가 눕고
모두 꿋꿋하게 살아내는 여정에
경이로운 찬사를 보내며
교과서처럼 살아가는 정직함으로
우리네 꿈꾸는 소망이 꽃피워지길

함께 걸어온 언덕 너머의 길은
우리들의 얘기가 별빛처럼 빛나길 바라고
시월을 걷는 우리들 가슴으로 푸르렀던 시간들이
뿌듯한 미소로 화답한다

시월도 몸살을 앓는다, 물들여지는 저 단풍들
아파서 붉게 울고 서럽게 떨어져 내린다
그러니 시월도 아플 때가 있음을 기억하네
이 계절이 지나면 그리움으로 남을 한 페이지가
움츠러드는 어깨 위를 토닥일 때
밤이 이슥토록 공허한 마음을 다독일 것이다

위로의 시간

꽃구름이 낮은 둥지를 틀며 지날 때
이 집에 금목서와 매화나무도 심어야지

호미괭이 둘 헛간을 짓고
그 지붕 위로 박꽃도 피어나게 해야지

왁자한 풀벌레 수다가 와글거리는 날
동무와 소소한 얘기도 나눠야지

찰찰 물 흐르는 개울가로 밤 마실 갈 때는
별들이 폭죽처럼 와르르 풀밭으로 쏟아지겠지

도시의 집을 떠나 쏟아지는 빗속을
아득히 헤엄쳐 온 시월 어느 날

허공의 통로에서 내게 각인된 공간에
한 문장의 위로의 말을 달아놓고
내내 사랑하는 마음으로 이날을 기억해야지

때론

산다는 것은
함박눈이 세상을 덮는 것과 같은 것
때론, 예보에 어긋나게 쏟아지는 장대비
장대비도 재앙처럼 내린다는 것을
고열이 날 때 비로소 알았지

세상에 나와 어긋나는 생을
수없이 걷는 것
돌아보면 쏟아지는 장대비보다
더한 생을 살고 있다는 것
촉촉하게 은은하게 살기를 바라지만
참 어렵다는 것

때론, 군인처럼 견뎌야 하고
예수님처럼 고뇌와
고통 속에서도 기도해야 하고
사막의 고목처럼 버텨야 하고
쓰디쓴 잔을 기울이며 인내해야 하고
내 어머니처럼 살아야 하고

아버지의 쇳덩이 같은 어깨처럼 무거움도
지고 걸어야 하는 것

때론, 우리에게 푸른 하늘이
가까이 있기에 푸르게 물들여지고
어둔 밤 달과 별빛 아래 사색에 물들여지고
새벽이면 떠오르는 정열의 태양처럼
살아가는 것

그래서 살고 살아내니 좋은 것

때론, 시계바늘을 거꾸로 돌리고
조용히 허공 속으로 들어가
금이 긴 무릎을 쓰나듬으며
잠언을 기억하고픈 깊은 밤
찬 이슬이 대지를 다독다독 덮고 있다

여유의 미학을 로스팅하다

화려하게 꿈꾸던 일상들이
모두 파편처럼 허공 속으로 날아가 버린 시간

그래도 가을은 오고 있고
계절을 느끼고 싶다
푸르게 문 잠겨 있던 숲에도
환한 불이 켜질 것이고
딱딱한 생각의 단상(單相)에 등(燈)을 밝히고
그를 만나고 싶다

한 점 바람 사이로 맛깔 고운 원두가
알맞게 볶아지듯 그 맛깔스런 여유를 찻잔 가득
안(安)의 향기를

흘러가는 구름에 걸터앉아 팔딱팔딱 몸부림치던 시간들
엉킨 실타래 풀어내듯 여유의 미학을 로스팅하고 싶다

저 하늘에 햇살이 텅 빈 품에 안겨주는
커피 향기 그윽한 호반이면 좋겠다

국화꽃 피는 길에서

길가 그네에 앉아
익어가는 들판을 보노라니
땡볕 아래 숨도 고르지 못하고 한 생을
헤쳐 나왔을 들판의 맥박이 평온하네

은은한 국화향기가 머무는 시간 안에서
파란 하늘을 우러르고 있노라니
어깨 위에 땅벌처럼 파고들던 통증이
쿵, 허공 속으로 부려지네

머잖아 팍팍했던 한 계절이 지날 것이고
갈바람 타고 낙하하는 낙엽 무덤 위로
휘어진 해 그늘이 에워싸고 있을 때
국화꽃 무리의 향기는 기도가 되어
저 멀리 하늘나라에도 은은히 부쳐지리니
이 저녁에도

꽃의 즐거움

새벽이슬을 맑은 촛농으로 밝히는 야래향
그 달콤함에 달려드는 꿀벌들
달콤한 향기에 취해 윙윙거리다
안개 자욱한 사이로 새벽이 밝아오니
물음표처럼 비틀거리며 날아간다

은밀한 사랑 굿 내림이 춤을 추는 팔월 그믐밤
갓머리 벗겨진 백열전구 등허리로
불나방이 은빛가루로 단장하고 퍼덕이는 밤
한 번쯤 빠지고 싶던 짧은 여름밤의
유희를 훔쳐가는 나방
백열등 아래로 은빛가루 흩뿌리며
춤을 추고 촛불 잔치가 열리는 밤

간절한 희로애락(喜怒愛樂)에서 얼마나 불태웠을까
꽃물을 다 쏟아내곤 유유히 새벽잠에 빠져들고

꽃 대궁들 태연하게 몸 감추는 어스름 새벽

Oh, 오이야

새벽이면 힘겹도록
가녀린 허리춤을 일으켜 세우고
먼 하늘로 실타래 풀어내듯
푸르고 생생한 희망이며
노오란 꽃무리는 푸른 세계 속의 수줍은 별자리
일렁이는 잎 새에 이슬방울은 너의 젖줄이 되고
가슴가슴 영글어주는 싱싱한 열매들

대륙에서의 분자 같은 일련의 일상들이
바람에 쪼개지고 흩날리는 촉각의 모서리
어디쯤, 서성일 때
Oh, 오이야
속닥속닥 건너가는 시간의 바퀴는 제한 없이 풀어주고
푸르게 외 닿이 떨림으로 부닞는 봄짓은
기억의 공간

이음새 틈새

틈새와 이음새는 하나의 영혼
그 영혼을 한참이나 거울에 비추어 보는데
빈 하늘에서 간혹 진눈깨비 날아들다
멈추고, 아롱아롱 빛 무늬 스며들며
실금처럼 벌어진 이음새도 다독여지네요

내 가는 길에도 벌어진 틈새가 생겨나고
틈새를 메우려 기웠더니 이음새가 생겼네요
시간의 틈바구니에서 자꾸만 이음새가 벌어지고
차라리 틈새가 있던 그 시간으로 돌아가고 싶은데
펄펄 끓는 통증은 사막의 모래알처럼 쌓여만 가고
아직도 100℃ 블록을 걷어내느라 허둥지둥해요

겨울풍경

붉은 놀이 더디게 지고
호랑가시나무 붉은 열매
농익어 터지는데
바람과 나목, 악보 없는 노랫소리
날이 저물고도
한참이나 불려지고
밤새 함박눈이 내려와
반짝이는 은빛 세상의
새 아침 하얀 세상 속으로
깃털처럼 햇살이
환히 퍼지고 있다

봄 37.6℃

대지의 심장을 두드리며
이슬비 내리고
꿈틀거리며 피어나는 봄

술렁이는 삼월은
가끔 얼얼한 시샘바람이 불어도
푸른 잎들이 돋을 것이네

환한 꽃잎
그 향기 온 누리에 날리우듯
만국기가 봄바람에 휘날리네

가끔 톱니바퀴 같은 시간을
툭
던져버리고 싶을 때

꽃 몽우리 환하게
폭죽처럼 피어나고
그에 취한 봄을 단장하네

〉

시리게 빛나는 무리 속으로

37.6℃는 우리를 단장하고

몸을 푼 대지의 태반은 에메랄드

영롱한 몸짓으로 빛나고 있네

시월의 상상마당

때깔 고운 단풍이 점등식을 하고 있어요
살아온 뒤안길에 홍등을 밝히고 싶은 건
그대 마음에도 점등을 하고 싶은 거지요

환한 지금,
눈물이 쏙 빠지도록 콧등이 시큰거리는 건
환란의 시절을 지켜주던 시간들에 대한
감격의 전율입니다

오늘은 벗님들과 그 옛날 그리도
꼭꼭 씹어 먹어 보고 싶던
윤기 흐르는 하얀 쌀밥을 고봉으로 담고
장작 몇 개비 포개고 모닥불을 피우고
멍석을 깔고 구수한 된장찌개도 끓이고
호박잎 몇 장도 포개 찌고 달큰짭자롬한
초절임 무는 무뚝뚝한 뚝배기에 담아내요

흰 구름에 달덩이가 담기듯
달걀 프라이도 곁들이면

헝클어진 마음에도 둥근 달이 떠오르고
시월 보름밤이 속닥속닥 깊어

달빛이 쏟아지는 마당 끝
감나무 홍등도 더 환한 여기,
달달한 시월 상상마당으로 오시겠어요

자작나무 저녁

원산지가 시베리아인 저 자작나무에
수 천 마리의 멸치 떼가 붙어있다
바람이 불 때마다 푸르고 반짝이는 비늘을 뒤집으며
바람 물살을 타고 몰려다닌다
그러고 보니 저 자작나무는 어느 대해(大海)를 닮았다

어느 밝은 나라의 착한 은(銀) 종족인 듯

저렇게 유영으로 한 계절을 나고,
지금도 작은 물결이 되어 바람과 햇볕에 쫓겨,
꾸덕꾸덕 말라서 떨어질 가을 깊은 곳까지 몰려와 있다
덩어리가 된 수만 마리의 상상
마지막으로 구부렸을 엽록체 잎맥의 줄기와
물 밖으로 떨어진 마지막 경직이 바스락거릴 뿐인 어족

자작나무 밑에서 낮잠을 깬 한낮
눈으로 헤엄쳐 들어오던 수많은 멸치의 눈부신 비늘
건어물전의 푸석한 됫박에 부풀려지듯
평상에 진열되어 있다

내 꿈을 돌아 나온 붉고 비릿한 멸치 떼가
나뭇잎마다 붙어
우수수 떨어져 내릴 시베리아 어디쯤의 동절기

그 반짝거림만 상상해도
겨울 내내 밑반찬 걱정은 없겠다

몸에서 몰려 나가지 않는
이 짭짤하고 비릿한 등 푸른 병
싱싱한 멸치 떼들 굳어지고 있는 평상에 누워
꾸덕꾸덕 말라가는 하염없는 귀로를 생각해 보는데
어느 종(種)의 도감 몇 페이지쯤 뜯겨져 나간
부분들이
자작나무 그늘로 어둑어둑해져 가고 있다
그 많던 물살이 다 새고 있는 자작나무의 저녁

술렁이는 봄

하늘은 봄을 봄은 하늘을 단장하는 계절
산기슭마다 장끼가 애처롭게 울고 있다
간혹 잊을 만하면 리듬도 곡조도 알 수 없는
울음을 운다

외로운 장끼가 혼자
슬프지 않은 울음을 왜 우는지
아직 마른 봄 산 자궁은 붉은 빛살에 들지 못하고
어부바만 한다

햇살 따라 몸을 달싹이는 순산의 계절
느릿느릿 비가 내리고 뒤척이던 밤이 지나
생강나무 꽃잎이 돋을 즈음 숲이 들썩인다
울음을 그친 장끼가 몸을 푼 게다

눈 내리는 날은

겨울에 갇혀 겨울을 녹이고 있는데
지붕마다 은빛이 겨울 목례를 한다
숲은 여백의 공간에서 하얀 무게를 털어내고
곤줄박이는 겨울의 오후를 출렁거리며 지나간다
라디오에서 오후의 음악이 흐르고
사박사박 내리는 눈은 그치지 않아도 좋다
난로에 불을 지피고 연기가 허공으로 날아갈 즘에
바람이 킁킁거리며 창문을 흔들어도
문 열고 싶은 생각은 없다
바시랑바시랑 낙엽이 눈 위를 뒹굴고
악보처럼 조용히 소란스러워지는 겨울밤
누군가 저기 어디쯤 걸어갔을 발자국을 생각하며
한밤의 음악편지 라디오를 듣는다

물무늬도 단단하다

새벽을 슬레이트 지붕처럼 접어
호숫가로 갔어요
접혀진 새벽을 펼치자
오므라든 호수는 단단한 막이 걷히고
바람이 물무늬를 흔들어 놓네요

이른 새벽 숲은 아우성으로 최고의 발정이 일어나요
정말 까투리의 절대적 저항이 눈부시군요
음, 그렇지만 염려 말아요
경계가 그리 쉽게 무너지겠어요

당신 입술은 장미
그리 호락하지 않을 거란 걸 알지만
보셔요,
부푼 배꼽과 부푼 젖가슴을 어쩌겠어요
이 계절을 품는 건 그다지 어렵지 않군요

단단한 물무늬를 비집고 하늘이 들어앉았네요
구름이 물살을 가르며 흘러가요

하늘의 심장이 벌겋게 달아오르고 있네요
내일이면 등이 굽은 새우 아제가
쉬리를 만나 장가를 가요

그러니, 초대장 보내요
날짜는 당신이 제일 먼저
상현달을 따라와 눕는 그날입니다

이팝나무

그 옛날
이팝나무 꽃잎이 와르르 쏟아지는
계절에도
뱃속은 허한 바람만 가득했다

이팝나무 흔들리며 끓어 넘치는 날
공책 한 권 분량의 문장을 쓰고
오래 묵은 얘기 하나를 꺼내 보려는데
담쟁이가 어스름 담장을 넘고 있다

고봉밥이 지천인 요즘
보릿고개 얘기를 하면
목을 쭉 내다 뺀 어린이가 하는 말
–라면 먹으면 되지

먼 하늘에 문장을 메우다 보니 곳곳이 수북하고
신기루처럼 태어나 따스함을 몰고 온 봄
꽃잎이 흩날리는 저녁 이밥이 한 상(床)이다

봄날은

꽃으로 눈부신 싱그러운 계절
봄길 걷는 발자국마다 햇살이 구르고
오늘의 기쁜 소식이 전해오는데
담장 아래 노란 민들레 오롯이 피었네

제비꽃 피어난 어여쁜 계절
보랏빛 꽃잎이 이슬방울에 수줍고
바람에 흔들리는 고운 모습은 젊은 날의
어머니 옷고름을 닮았네

이슬비 내리고 해빙이 술렁이는 계절
앞산 진달래꽃 몽개몽개 피어나는데
시냇가 능수버들 바람 따라 춤추고
봄은 새로움으로 폭죽처럼 빛나네

푸르른 이파리 은은히 피어나는 계절
봄의 노랫소리 저 멀리에도 울려 퍼지고
어느 카페의 향기가 로스팅 되어가듯
이 봄도 또닥또닥 로스팅 되어가네

그의 힘으로 사는 것

푸른 언덕 위로 불끈 솟아오르는 찬란한 빛
우리네 오가는 길목으로 제 마음 다 부려주고
오직 침묵으로 다가와 주는 뜨거운 힘
천 년이 흘러도 그곳 그 자리에
세상의 모든 것들을 지켜내는 열정의 힘

가끔 시커먼 먹구름이 세상을 가려도
묵묵히 그리고 따스히 얼굴을 드러내는
인자한 힘, 그의 힘이 있어 살아가는 생명들
그의 힘이 주관하기에 우린 사는 것
잠시, 머물다 가는 우리는 그저 작은 겨자씨
그의 빛으로 싹트고 살아낼 때

커다란 웃음 한 보따리 품은 온정
다 쏟아 주곤 천천히 고요히
그 우직한 힘은 내일도 모레도 영원할 것이며

간혹 울컥 가슴에 샘을 파는 날이어도
새 아침 웅크린 안개 속을 넘어

간간이 비어있는 빈칸으로 그의 환한 빛이
두 손 모으는 고요함에서 당신을 만나는 시간
여린 심장이 쿵, 쿵 뜁니다

우연이 아니었어요

돌처럼 굳어지는 마음에
눈길 건네주던 잎 다 떨어진 나목에서
여린 잎이 돋듯
푸른 햇순을 틔워준 당신

날 세운 바람이 불어와
눈을 뜰 수 없을 때
바람을 걷어 내주던 당신과의 만남은
우연이 아니었어요

한 계절이 나지막이 지나는 길목에서
무념무상(無念無想)으로 생각머릴 조아리며
당신이 짊어진 십자가 위로 목마를 타고
아침 해가 떠오르는 동녘과
노을이 붉게 물드는 서녘을
고요히 마주하게 이끄실 때

예, 하고 돌아서며
어렴풋이 깨달아 가는 여정은
여전히 작은 파도입니다

■□ 해설

제한적 공간을 치유하는 종교적 세계관

박현솔(시인, 문학박사)

요즘의 서정시는 전통적 서정시와 같은 경향이긴 하지만 비쳐지는 현상과 작품에 내재된 의미가 사뭇 다르다고 할 수 있다. 시를 쓰는 시인이 오롯이 자신의 개인적 감정이나 자연과의 교감만을 쓰는 것이 아니라 복잡해지고 다양해진 현대인들의 삶을 반영하는 복잡다단한 시를 쓰고 있기 때문이다. 반면에 복잡하고 다양한 삶을 살아가는 현대인들은 의미망이 여러 갈래로 얽혀있는 어려운 시들보다 쉽고 재미있게 자신의 스트레스나 얽힌 생각들을 풀어줄 도구로서의 시를 요구하게 된다. 물론 독자층의 요구대로 현대시는 다양한 활로를 모색하고는 있지만 온전히 독자의 입맛만을 생각하는 시를 써낼 수 없는 것이 시인들의 애로사항일 수도 있다. 시는 예술의 한 장르로서 개성에 따른 미학을 추구하지 않을 수 없기 때문이다. 그래서 독자와 시인은 완전히 일치할 수 없는 어느 정도의 사이를 두고 평행선을 유지하며 가고 있는지도 모른다.

이번에 첫 시집을 내는 이승남 시인 역시 현재의 서정시를 자신만의 미학을 추구하면서 개성 있는 문체로 구사하고 있다. 그녀의 시들은 과거의 서정시와는 다르게 한층 업그레이드된 서정시의 표본으로 구현되고 있는데 그것은 그녀의 시가 단순한 감정의 해소나 자연과의 일체감에만 제한되어 있지 않다는 것을 의미한다. 보통은 시인이 첫 시집을 내면서 유년의 기억들과 상처들을 계획성 없이 풀어놓는 경우가 많은데 이승남 시인은 그것들을 일정한 한계선 안에서만 풀어놓으며 대부분의 시편들을 은유적 사고체계를 주로 하는 서정시로 잘 짜인 구조로 드러내고 있다. 거기에 많은 부분을 소외된 존재와 타자들에게 따뜻한 시선을 보내고, 역사적 사실을 깊이 있게 형상화하고, 때로는 자본주의의 속성을 드러내어 사람들의 소외감과 비애를 사실적으로 구현한다. 그리고 개인적인 측면에서 육체적인 한계를 경험하고 있는 것을 솔직담백한 심정으로 서술한다. 그녀는 대상과 사물에 대한 따뜻한 믿음이 있고 긍정적인 사고로 삶을 바라보는 것이 이미 습관화되어 있는 듯하다. 그리고 무엇보다 비유와 상상력이 뛰어나고 감각과 직관이 발달되어 있어서 어떤 소재와 주제가 좋은 시가 될 만한 것들인지 본능적으로 감지해 낸다.

인간은 시간적인 존재이고 제한된 시간을 살다가 사라

져 가는 존재이기 때문에 육체에 질병이 드나드는 것은 어쩌면 당연한 일인지도 모른다. 또한 질병은 기억과 무의식을 넘나들면서 인간의 사고를 단련시키고 현재의 삶을 성찰하게 하고 생의 의미와 깨달음을 주기도 한다. 다소는 견디기 힘든 증상을 다른 사람들보다 일찍 겪으며 고난 속에서 일상을 보내고 있는 것 같은 이승남 시인 역시 자신의 생에 찾아오는 매 순간의 위기를 혼자서 참고 견디는 미덕을 작품의 면면에서 보여주고 있다. 또 그런 상황에서도 힘겨운 자신을 살펴주기를 바라기보다 상대를 먼저 배려하는 성품의 면모가 작품 여러 곳에서 보이기도 한다. 그녀가 2010년에 계간 『시산맥』으로 등단한 이후 9년 만에 내는 이 첫 시집은 그러한 육체적 한계 속에서도 제한된 시간의식을 갖게 된 과정과 상처를 어루만지는 말씀을 새기게 된 이유, 자연에 의탁하여 몸과 마음을 치유 받으면서 그로 인해 더 큰 영적 존재를 경외하는 모습까지 다양하게 비쳐주고 있다.

1. 통증의 출현과 알약의 은유

> 푸른 온도가 높아지고
> 기절하는 순간이 툭하고 떨어진다
> 불가사의에 대해 제대로 공부한 적 있었나

아픈 것들을 공부한 적 있었나
몸은 어떤 허기를 지나가기에 통증을 받아먹기만 하나
미적분의 내종(內腫)들
왜 한 번도 우수수 떨어지지 않나

여우 꼬리가 흔들릴 때마다 門들이 門밖으로 나간다
닫힌 문틈으로 애벌레가 기어들어오고
뾰족한 부리들이 콕콕 집어먹고 있는 통증
어떤 통증에서 부화한 나방들이 신경 속을 날고 있나

너무 오래 혼자 아프다
근처 성당의 종소리들이 문병을 다녀간다
생사(生死)를 버린 지 오래 됐다
애벌레들이 입 냄새로 기어 나오고 그것들은
진화한 소리를 갖고 있다

여우야 여우야 뭐 하니?

가끔 神이 아닌 알약들의 이름에게 기도할 때가 있다
전지전능한 약효에게 살뜰하게 말 걸 때가 있다
한낮의 뜨거운 이마를 짚고 있다가
손을 바꿀 때
안 아픈 곳이 있긴 있었구나,
손을 오래 내려다보는 때가 있다

—「여우야 여우야」 전문

어느 날 갑자기 화자의 몸을 습격한 통증은 "신경"을 건드리면서 "나방들"이나 "애벌레들"로 인식되는데 몸의 약한 곳에 파고드는 이 환상 속의 곤충들은 "내종(內腫)들"로부터 온 것들이다. 그리고 화자가 안부를 묻는 "여우"는 다름이 아닌 "알약"의 다른 이름이라는 것을 알 수가 있다. 죽을 듯이 몰아치는 통증을 겪으면서 화자가 느끼는 구원의 신은 바로 이 알약들이다. 그러기에 알약이 "약효"를 잘 발휘하도록 "살뜰하게 말"을 걸어주고 구슬려서 옥죄어오는 통증으로부터 벗어나야만 한다. 화자에게 통증은 신체 어느 한 부분의 문제가 아닌 몸 전체의 문제로 확장되는데 "퓨즈 같은 기억은 어느 곳에다 꼽아도/감전이 묻어있다/퓨즈가 나간 캄캄했던 기억을 서둘러 닫는 날들/저 쪽 숲에 퍼지고 있다/제 몸들 서로 부딪혀 껍질 벗겨진 전선줄처럼/나무들이 먼 곳으로 소리를 날려 보내고 있다//먼 곳으로 떠났던 몸의 통증들은 지금 어디에 있을까,//작은 소리만 앞을 기웃거려도/서둘러 잠그는 몸의 문//숲은 모든 플러그를 뽑고 캄캄하다"(「플러그」)에서 몸의 모든 세포와 신경들이 통증에 예민하게 반응하고 있다는 것을 보인다. 이러한 통증에 대한 화자의 강박은 시 「캡슐 속 여우가 있었네」에서도 나타나고 있는데 "통증은 어떤 딱총으로도 사살되지 않을 것이기에/서랍 속을 더듬거렸다/껍질이 벗겨진 캡슐 속에 여우가 아홉 개의 눈알을 굴리며/서서히 입속으로 들어와 미끄러지듯 혈관 속으로 파고든다"에서 통증을 잡을 수 있는 알약이 "캡슐" 속에 있고 이것은 여우의 화신이 되어 화자의 삶속에 투영된다. 여우는 예로부터 사람을 홀리는 영물로 신체 중에서 가장 미묘한 작용을 하는 것이 꼬리인데 여자가 변신과 술수에 능할 때 꼬리 아홉 달린 여우라는 표현을 쓰기도 한다. 다른 시 「여우꼬리를 물고 늘어지다」에서 "신호등처럼 늘 가리킴이 없어도 이파리 하나 둘/툭 떨어져 내릴 때 달리던 걸음을 멈추는 것/울타리 너머의 가로등이 너무 어두워 못 되었구나/하는 생각, 생각은 여우꼬리를 물고 늘어지다/눈알이 벌건 여우가 되어, 여우로 또 하루를 사는 것"에서도 몽상처럼 생각의 릴레이를 이어가면서 다양한 세계로 진입하고 있는 화자의 자취를 보게 된다.

2. 소멸의 시간으로서 저녁의 시간

저녁은 스르륵 어스름을 넘어와 담장이 되기도 한다
아무 경계가 없다는 것도 모르고 저 혼자 담장이 되는 어둠
정다운 것들 다 그 담장 밖에 서 있고
가끔 시간이란 밝아지지 않는 어두운 담 같다는 생각도 들고

숲에서 천천히 걸어 나오던 어스름 나무들의 이름이 지워져 모두 숲이 되던 것을 기억한다면 늦은 목소리를 기억 하는 건 어렵지 않고 채마밭에서, 뒤란에서, 혹은 잠결에서 들리던 목소리 손발에 흙이 묻어있던 목소리

밥 냄새가 온 힘을 빼놓던 저녁이 있었고 애호박처럼 숨길 좋아하던 결식의 날들과 멀기만 하던 곡식이 익어가는 철

허기가 곤두선 수북한 털의 개가 자꾸만 귀를 털어내던 저녁

피안이 저녁의 담을 스르륵 넘어온다
오래 걸어왔으나 한 번도 앞서 간 적이 없는 저녁
목 밑까지 자란 세월을 끌어 덮고
이불 밑 어둠속에서 나직이 불러보면 가끔씩 들리는 저녁의 늦은 목소리

–「저녁의 늦은 목소리」 전문

위의 시에서는 화자에게 육체가 제한적인 것만큼 시간도 영속적으로 흐르지 않는 제한된 것이라는 인식이 자리잡고 있다. 제한적인 시간 속에서도 만물이 저물어가는 저녁의 시간은 화자에게 많은 생각을 하게 하는 사유의 근

간이 된다. 저녁의 시간은 대부분의 시인들에게는 많은 것들이 깨어나는 시간이고, 사유가 확장되는 시간이고, 상상과 환상이 꿈틀대는 시간이다. 이승남 시인의 시 속 화자들은 이 저녁의 시간에 "정다운 것들 다 그 담장 밖에서 있"다고 말하고 있고, "시간이란 밝아지지 않는 어두운 담 같다"는 고백을 하고 있다. "정다운 것들"과 화자를 가로막는 것은 "어둠"이고 이 어둠에 속해있는 화자는 그것에 둘러싸여 빠져나갈 수가 없을 것 같은 위기감을 느끼고 있다. 인간은 편안하고 기분 좋은 상태일 때 시간이 빨리 지나가는 것처럼 느끼고, 몸과 마음이 불편할 때 시간이 더디게 가는 것처럼 느끼는데 지금 화자의 심리 상태는 후자에 속해 있다고 볼 수 있다.

또한 화자는 "저녁의 늦은 목소리"를 감지하고 이를 느끼고 귀를 기울이면서 목소리의 진원지를 생각한다. 그 목소리는 "채마밭에서, 뒤란에서, 혹은 잠결에서" 들리거나 "손발에 흙이 묻어있"기도 한 그런 목소리이다. 현실인 듯 꿈인 듯 화자에게 들려오는 이 목소리의 주체는 누구일까. 그것은 숲의 나무들이 내는 소리일 수도 있고, 무의식 속 누군가의 목소리일 수도 있다. 그 정체가 뚜렷하지 않은 "저녁의 늦은 목소리"를 들으면서 화자는 "피안"을 생각하고 있다. 피안은 진리를 깨닫고 도달할 수 있는 이상적인 경지를 의미하는데, 이 저녁의 늦은 목소리는 이상적 경지로 화자를 인도하는 어떤 영적인 목소리일 수도 있는 것이다. 이 저녁의 늙은 목소리가 언제나 들리는 것이 아니라 화자가 어둠 속에서 "나직이 불러보면" 그때에 들린다는 것에서 더욱 분명해지는 것은 화자가 피안으로 들어가기 위해서 무의식중에 불러내는 어떤 목소리로도 보인다.

또한 시인에게 저녁의 시간은 몸의 생기와 에너지가 다 빠져나가는 소멸의 시간으로 인식되기도 하는데 "몸에서 몰려 나가지 않는/이 짭짤하고 비릿한 등 푸른 병(病)/싱싱한 멸치 떼들 굳어지고 있는 평상에 누워/꾸덕꾸덕 말라가는 하염없는 귀로를 생각해 보는데/어느 종(種)의 도감 몇 페이지쯤 뜯겨져 나간/부분들이/자작나무 그늘로 어둑어둑 해져 가고 있다/그 많던 물살이 다 새고 있는 자작나무의 저녁"(「자작나무 저녁」)에서도 그러한 시간의식이 나타나고 있다. 그리고 다른 시 「푸른 돌」에서도 "셀 수 없는 시간을 견디고 나면/푸른 한때를 걸칠 수 있는 것인가/오직 풍화만이 꽃피워 낼 수 있는/푸른 돌"에서 소멸과 생성의 자연현상에서 소멸의 순간을 지나고 있는 화자의 시간을 자각하고 있는 것이다.

3. 자연에서의 치유와 초월적 세계관

죽어가다 살아나는 것
살아나다 죽어가는 것

모두가 하나의 실체인 것

액자 같은 테두리에 갇혀 온전히 내어 주고
틀 안에서 부화되어 나비가 되는 것

세상이 숲처럼 디자인되길 바라는 건
나만의 추상일까
썩은 사과의 흠결을 싹둑 잘라내고
완전한 사과를 먹어야 하는 거
그건 너무 고독하지 않은가

꿈틀꿈틀 살아내는 길
자아로 오르는 지름 1밀리미터의
시작점이어도
매일 신선하게 출발할 것이다

– 「살아간다는 것은」 전문

생과 사의 갈림길에서 자주 헤맨 사람들은 생과 사가 동전의 양면과 같다는 것을 깨닫게 된다. 고통의 막바지에서 죽었는가 싶으면 살아나고 살았다고 방심하는 순간 다시 죽음의 그림자와 마주하게 된다. 이러한 긴장이 연속되는 시간 속에서 인간은 누군가에게 의지하고 싶고 더 큰 존재로부터 위안 받기를 원한다. 아무런 대가없이 무조건 받아주는 대자연의 품은 그래서 소중하다. 이 시의 화자 역시 자연을 사랑하는 마음 그대로 자연으로 다가가서 두려움과 고통에 떨었던 마음을 꺼내놓고 위로를 받는다. "평온의 여유를 가지고 싶다면/초록의 힘을 빌리자//가지가 무성한 그의 품은/한참을 기대도 좋고//가슴이 먹먹할 땐/우람한 그의 심장을 기억해봐//(…)수면의 요정 어리연꽃처럼/고요히 기대봐/잠자던 너의 심장이 될 거야"(「초록의 힘」)에서 자연에 마음을 여는 방법과 이를 통해서 새로운 에너지를 얻을 수 있음을 말하고 있다. 그리고 「자연의 공로」에서도 "타는 듯 바삭거리는 초여름을/잘도 견뎌주는 텃밭의 작물/노란 꽃을 피우고/하얀 꽃을 피우며 기쁨을 준다"에서 일상 속의 작은 생명들로부터 소소한 행복을 느끼고 있는 화자의 모습이 떠오른다.

또한 생활의 공간을 떠나서 자연으로 다가가는 것만으로도 치유가 된다는 것을 노래하는 시 「위로의 시간」이 있다. "도시의 집을 떠나 쏟아지는 빗속을/아늑히 헤엄쳐 온 시월 어느 날//허공의 통로에서 내게 각인된 공간에/한 문장의 위로의 말을 달아놓고/내내 사랑하는 마음으로 이 날을 기억해야지" 이것이 지상의 자연으로부터 받는 위로라면, 다른 시 「숲을 보며」에서는 치유의 공간이 하늘로 이동하는데 "숲의 괄호가 열리고 닫히는/그 찰나의 순명은 거역할 수 없는 잠언이 되고/꽃잎이 피기 전 봉우리의 떨림처럼 가슴을 쓸어안을 때//저기 어디쯤,/정물처럼 앉아 신록의 품에 볼을 부비곤/언젠가 유년의 그림자와 걷던 좁은 오솔 길/그 길 너머의 나지막이 보이는/하늘 숲을 생각하는 것이다"는 현실을 초월한 하늘 숲을 바라보는 사유의 확장을 감지하게 된다. 이러한 초월적 세계관은 더 나아가서 초월적 존재에게로 뻗어가고 이는 화자의 깊은 믿음과 연관이 되어 있다.

4. 잠언의 깨달음과 신을 향한 무한 신뢰

산다는 것은
함박눈이 세상을 덮는 것과 같은 것
때론, 예보에 어긋나게 쏟아지는 장대비
장대비도 재앙처럼 내린다는 것을
고열이 날 때 비로소 알았지

세상에 나와 어긋나는 생을
수없이 걷는 것
돌아보면 쏟아지는 장대비보다
더한 생을 살고 있다는 것
촉촉하게 은은하게 살기를 바라지만
참 어렵다는 것

때론, 군인처럼 견뎌야 하고
예수님처럼 고뇌와
고통 속에서도 기도해야 하고
사막의 고목처럼 버텨야 하고
쓰디쓴 잔을 기울이며 인내해야 하고
내 어머니처럼 살아야 하고
아버지의 쇳덩이 같은 어깨처럼 무거움도
지고 걸어야 하는 것

때론, 우리에게 푸른 하늘이
가까이 있기에 푸르게 물들여지고
어둔 밤 달과 별빛 아래 사색에 물들여지고
새벽이면 떠오르는 정열의 태양처럼
살아가는 것

그래서 살고 살아내니 좋은 것

때론, 시계바늘을 거꾸로 돌리고
조용히 허공 속으로 들어가
금이 간 무릎을 쓰다듬으며
잠언을 기억하고픈 깊은 밤
찬 이슬이 대지를 다독다독 덮고 있다

–「때론」 전문

이 시는 화자가 종교적인 깨달음을 얻어가는 과정을 그린 작품이다. 화자는 종교적인 삶 이전과 이후를 "잠언"을 통해서 구분 짓고 있다. 잠언을 읽기 전에는 "세상에 나와 어긋나는 생을/수없이 걷는 것"과 "쏟아지는 장대비보다/더한 생을 살고 있다는 것"을 체험적으로 깨닫는다. 그것은 "어머니"와 "아버지"의 삶 그리고 "예수님"의 삶을 통해서 구체화된다. 화자는 때로 "시계바늘을 거꾸로 돌리고" "잠언을 기억하고" 싶어 하는데 잠언의 지혜를 통해서 과거의 잘못을 교정하고 이전보다 더 의미 있고 새로운 생을 살고자 하는 의지를 엿보게 한다.

잠언은 성경의 일부로 하느님 앞에서 세상을 바르게 살아가는 지혜를 가르치는 말씀이 주가 된다. 그 내용은 그리스도인으로서 도덕적이고, 정직하고, 의로우며, 선한 삶을 살아가야 한다는 것이다. 이 내용을 묵상하고 실천하는 사람과 그렇지 않은 사람은 인생의 목적이 달라지고 결과가 달라질 수밖에 없다. 화자는 잠언을 읽고 묵상하면서 이전의 부정적이던 사고가 긍정적으로 변하는 것을 느끼게 된다. 세상의 모든 고난과 역경 속에서도 화자에게 희망을 주는 "하늘", "달", "별빛", "태양"에 긍정적인 의미를 부여하고 고통을 극복하며 "살고 살아내니 좋은 것"이라는 결론에 이르게 된다. 특히 "태양"에 대해서는 종교적인 관점에서 접근하기도 하는데 "푸른 언덕 위로 붉끈 솟아오르는 찬란한 빛/우리네 오가는 길목으로 제 마음 다 부려주고/오직 침묵으로 다가와 주는 뜨거운 힘/(…) 두 손 모으는 고요함에서 당신을 만나는 시간/여린 심장이 쿵, 쿵 뛥니다"(「그의 힘으로 사는 것」)에서 강력한 힘을 발휘하면서도 온유하고 따뜻한 태양에게서 만물의 창조주이신 절대자의 기운을 느끼게 되는 것이다. 그리고 간절한 기도의 시간에 신을 만나는 순간을 경험하기도 하는데 "신을 만나는 건 과분한 은혜이지/익숙한 듯 어설픈 듯 신(神)을 만나는 시간/어떤 상념도 필요치 않네//이끌림대로 가까이 다가서면 오감으로 만나게 되는/나의/하느님이시기 때문이네"(「신을 만나는 시간」)에서 화자의 영혼을 강하게 붙드신 하느님께 무한한 신뢰를 보내고 있다.

다양한 시세계를 가지고 있는 이승남 시인의 시들을 무리가 있다고 생각하면서도 하나의 주제로 살펴본 이유는 그녀의 시가 갖고 있는 다양함 중에서도 일괄되게 흐르는 사유가 있다고 보았기 때문이다. 그 사유의 뿌리들은 여러 갈래로 뻗어가면서 삶을 엮어내고 그녀만의 시의 역사를 만든다.

이승남 시인은 육체의 한계에 부딪치는 경험을 통해서 인간의 한계에 대해 깊이 생각하게 되었고, 고통의 사유를 시로 풀어내면서 삶을 긍정적으로 전환시키는 법을 깨달은 시인으로 보인다. 그녀가 아픔으로 인해 고통의 실을 짜서 세상에 내어 놓을 때 그녀의 시는 누구도 흉내 낼 수 없는 아름다운 결정(結晶)이 되기도 한다. 이승남 시인의 이번 시집의 특징은 인간 존재로부터 시작된 사유가 대자연과 초월적인 종교적 세계관으로 확대되고 있다는 점이다. 그만큼 방법론적인 면에서의 실험이 아닌 사유의 확장으로 탄탄하면서도 광활한 시세계를 가지고 있다는 것이다. 또한 그러한 면모가 앞으로의 시적 성취에 더 큰 기대를 갖게 한다. 오늘날 시가 죽었다고 탄식하는 시문학의 현실에 진한 감동을 주는 시인이 되기를 바라면서 끊임없는 그녀의 오롯한 정진을 응원한다.